VOYAGE POÉTIQUE

DE

LL. MM. IMPÉRIALES

A

S^T-SAUVEUR

(Hautes-Pyrénées)

Précédé de la revue de l'Armée d'Italie, le 14 août 1859

Dédié aux Populations Pyrénéennes

Par J. CASTETS, avocat

A NAY (Basses-Pyrénées)

Prix : 3 Fr.

TARBES

IMPRIMERIE DE PERROT-PRAT, PLACE DU MARCADIEU

1860

VOYAGE POÉTIQUE

DE

LL. MM. IMPÉRIALES

A

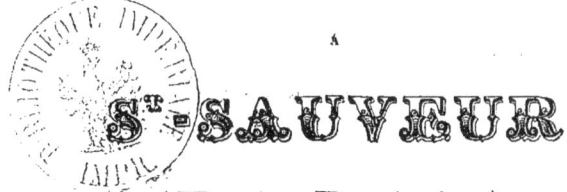

(Hautes-Pyrénées)

Précédé de la revue de l'Armée d'Italie, le 14 août 1859

Lorsque les légions de Rome souveraine,
Revenaient dans leurs murs de leurs exploits lointains,
Le peuple, avec transport, sur la voie Appienne,
Recevait les vainqueurs du Parthe ou des Germains.
C'était dans ses grands jours que Rome sans rivale,
Décernait, vertueuse encor,
A ses consuls, la palme triomphale,
Aux pieds de Jupiter Stator.

Ainsi, le quatorze août, la veille mémorable
    De la fête de l'Empereur,
    Paris, comme un flot formidable,
    S'était levé, superbe de grandeur :

Décorant de velours, de festons, de guirlandes,
    De patriotiques offrandes,
Ses murs, ses boulevards de peuples ruisselants,
    Pour acclamer sur la place Vendôme,
Sous le bronze immortel d'où plane le Grand Homme
    De nos soldats les aigles triomphants ;
Les vainqueurs de l'Autriche aux plaines d'Italie,
    Non loin des lieux qu'illustra Marengo,
    Et le libérateur d'une puissance amie,
    Le héros de Solferino.

Et sous l'éclat du jour, des fleurs, des oriflammes,
Des armes, des drapeaux ondoyants dans les airs,
L'armée avait, au bruit des voix de cent mille âmes,
Et d'hommes arrivés du bout de l'univers,
Salué l'Empereur, la colonne guerrière,
Leur offrant les drapeaux pris sur les Autrichiens,
    Et défilé, majestueuse, fière,
    Et Grande comme les anciens.

    A cet enthousiasme, à ce réveil immense,
De nos vieux souvenirs de gloire et de puissance,
Gravés dans tous les cœurs, ainsi que sur l'airain,
Venait de succéder, religieuse et belle,
    De l'Empereur la fête solennelle,
Ainsi que les transports de ce beau lendemain,

Où dans la vieille basilique,
Sous ses parvis sacrés, d'encens tout parfumés,
Montèrent jusqu'aux cieux les accents euflammés
Du *Te Deum,* le saint cantique.

Depuis ces deux grands jours à l'avenir transmis,
Où l'Europe assistait, où ses peuples amis,
Vinrent prendre leur part, remplis de confiance,
Au spectacle inouï que leur offrit la France,
Paris, avait, après ces jours d'énivrement,
De son état normal repris le mouvement.
Comme sur l'Océan, soulevés par la houle,
S'appaisent par degrés les flots retentissants,
Ainsi des étrangers et de ses habitants,
Il avait vu se fondre et disperser la foule,
Et des Grands et de l'homme à qui Plutus sourit,
Les départs du séjour du tumulte et du bruit.

PROJET DU VOYAGE A S^T-SAUVEUR.

Grâce aux progrès du siècle, au fruit de tant de veilles,
Où le génie atteint aux plus grandes merveilles,
Où tout est transformé depuis que la vapeur,
De l'espace et du temps abrége la longueur;
Le mois d'août est propice aux plaisirs des voyages,
Où la Fortune va chercher sur d'autres plages,

L'air pur et tempéré des vallons toujours verts,
La retraite des bois, le frais du bord des mers,
La santé que l'on trouve aux sources fortunées,
Des Alpes, d'Allemagne, enfin des Pyrénées.

C'est vers ces derniers monts qu'un avis de la Cour,
D'avance, a désigné le bienheureux séjour,
Où de Leurs Majestés les santés précieuses,
Iront à St-Sauveur, après de longs travaux,
Demander la douceur du calme, du repos ;
Y goûter les bienfaits de ses eaux généreuses,
Et recueillir des cœurs de leurs peuples lointains,
L'amour, le dévouement dus aux bons Souverains.

Pour donner au voyage une haute importance,
Le Ministre d'État a, dans sa prévoyance,
Mis à profit le temps utile à ses projets,
Et d'un chemin de fer assurant le succès,
Il a pu, dans vingt jours, par l'ardeur de son zèle,
D'Aire à Tarbes ouvrir une artère nouvelle ;
Lier par de puissants et fabuleux travaux,
La Bigorre, le Gers, les Landes à Bordeaux ;
Et par de tels projets où la grandeur respire,
En dotant une noble et fidèle cité,
Des sources de bonheur et de prospérité,
Montrer son dévouement pour le Chef de l'Empire.

DÉPART DE L'EMPEREUR.

Le moment est venu : les wagons de la Cour,
Au milieu de la foule ardente et curieuse,

Ont quitté de Paris le bruit et le séjour,
Et de Leurs Majestés, la suite peu nombreuse,
Atteste le dessein qu'elles ont arrêté,
De vivre à St-Sauveur dans la tranquillité ;
Doux moments, pour les grands que l'éclat environne,
Qui leur rendent moins lourd le poids de leur couronne ,
Quand libres des soucis attachés à leur front,
Ils comptent tous leurs jours par les heureux qu'ils font !

BORDEAUX.

Suivons de tous nos vœux, aux bords de la Gironde ,
Le train impérial qui s'agite et qui gronde
Sur les rails d'Orléans, de la Loire et de Tours,
De Poitiers, de Ruffec et de ce long parcours,
Où lancé vers les lieux qu'arrose la Charente,
Angoulême l'entend mugir sans épouvante,
Sous le tunel que l'art a creusé dans ces flancs.
Pour le revoir sortir de ce sombre cratère ,
Jetant à tous les vents sa brûlante crinière,
Et fesant vibrer l'air de ses longs sifflements,
Il touche à l'horizon ; . . . . . . il cesse de paraître . . . . .
Mais aux soins répétés de ses nombreux signaux,
Aux bords de la Dordogne il s'est fait reconnaître ;
Il ralentit sa marche , ... il arrive . . . et Bordeaux ,
Fier de ses souvenirs, reçoit avec ivresse,
Mêlée à ses accents d'amour et d'allégresse,
Les Augustes Époux, le Prince , noble enfant ,
Dont le peuple charmé, plein d'attendrissement ,

En ce jour de bonheur, revoit, recherche, admire,
Le salut enchanteur, l'éclat et le sourire.

Bordeaux, réjouis-toi, fète ton Souverain,
Le Prince Impérial, sa gracieuse mère !!!
Que Dieu les ait tous trois sous sa main tutélaire !
Garde-les cette nuit : Ils partiront demain.

MONT-DE-MARSAN.

De ses gaz lumineux, Bordeaux est tiède encore,
Quand du dix-huit août a commencé l'aurore,
Le soleil a paru : tout annonce un beau jour.
L'Empereur va partir : aux villes de l'Adour,
De l'électricité le messager fidèle,
Soudain de ce départ a transmis la nouvelle,
Et Tarbes qui reçoit du Ministre d'État,
Du bonheur attendu la flatteuse assurance,
S'est déjà revêtu de son pompeux éclat,
Pour saluer ce soir les souverains de France.

Les peuples avertis des Landes et du Gers,
Sont debout, tout parés pour ce grand jour de fête,
S'agitant tout émus, comme on voit dans les airs
Des légions d'oiseaux poussés par la tempête.
Les champs sont désertés, les travaux suspendus ;
Hommes, femmes, enfants, vieillards, tous confondus,
Décorent les chemins, leurs demeures poudreuses,
De fleurs et de sapins, aux branches onctueuses,

Et leurs regards fixés au fond de l'horizon,
Appellent de leurs vœux l'impérial wagon.
Il paraît..... il s'arrête aux rives où la Douse,
Unissant au Midou son limpide cristal,
Charme Mont-de-Marsan par sa verte pelouse,
Et des Landes féconde et forme le canal.

Mais de Mont-de-Marsan, la ville fortunée,
Ne revoit qu'en passant les Glorieux Époux :
Les ordres sont donnés et de cette journée,
Elle demande, en vain, sa part au temps jaloux.

AIRE, MAUBOURGUET, VIC.

Des rigueurs du départ son amour la console !
Les moments sont comptés ;..... le train impérial,
De sa marche sur Aire a reçu le signal.

Sur ce nouveau chemin avant qu'il ne s'envole,
Les Augustes Parents ont pressé sur leur sein,
Le Prince Impérial, leur enfant, que demain,
Aux bords de l'Océan, dans leurs saintes tendresses,
Ils n'entoureront pas d'amour et de caresses.
Trop jeune, il ne doit pas partager les honneurs
Aujourd'hui réservés aux Époux Voyageurs.
Il savourera mieux, au sortir de l'enfance,
Les attraits enchanteurs de la Toute-Puissance.

Heureux à Biarritz, pareil au jeune aiglon,
Ses jours vont s'écouler sous ce vaste horizon,

Près des yeux vigilants, qu'en une douce attente,
Sans cesse aura sur lui sa noble gouvernante.
Sous le modeste habit du simple grenadier,
A la garde montante il se montrera fier.
Ses sens seront émus au lever de l'aurore,
Et par la sentinelle et le tambour sonore.
Là, ses pas se joueront sur le sable des mers ;
Ses yeux suivront au loin la lueur des éclairs ;
Son oreille entendra le bruit de là tempête.
Un jour, pour se donner le plaisir d'une fête,
De l'Adour, en yacht, il franchira les flots
Et sa main pressera les mains des matelots.

C'est ainsi qu'exercé sur cette plage amie,
A ces grands éléments et de force et de vie,
Son âme parviendra, d'accord avec son cœur,
Dédaignant des hochets l'amusement vulgaire,
Et nourri des leçons de son Illustre Père,
A gouverner la France et sans crainte et sans peur.

Sur les bords de l'Adour, aux paisibles ombrages,
Entendez-vous ce grondement lointain,
Et des cloches et de l'airain,
Les sons mêlés aux voix des hameaux, des villages ?

C'est le rail qui mugit sous le poids du tender,
Que la première fois, Aire écoute gronder.
C'est le bruit des wagons déchaînés dans l'espace,
Et dont les yeux surpris cherchent en vain la trace.

Voyez-vous sous ce ciel tout éclatant d'azur,
Que réchauffe d'août le soleil le plus pur ;
    Voyez-vous ces masses profondes,
    Et de tout sexe et de tous rangs,
Accourir, se heurter, s'agiter en tout sens,
Comme sur l'Océan rebondissent les ondes ;
Et sur tous ces chemins, hier encore déserts,
Aujourd'hui décorés de fleurs et de bannières,
    Entendez-vous ces vœux et ses prières,
    Ces voix, ces chants et ces concerts?

    Dans le saint transport qui l'anime,
C'est de l'ovation le langage sublime,
    De tout un peuple envers son souverain :
    Dans l'élan qui séduit, entraine,
    Près de la belle souveraine,
    Dont la bonté pare le front serain,
    C'est l'hommage des jeunes filles,
    L'orgueil, l'honneur de leurs familles,
    Formant son cortége en ce jour,
    Et qui de fleurs les plus belles
    Et de couronnes d'immortelles,
L'entourent de leurs vœux et de leurs chants d'amour.

    Ah ! que n'ai-je reçu du Dieu de l'harmonie,
La faveur de ses dons et du nombre et du beau,
Pour donner à ce jour son éclatante vie,
Et pour peindre à grands traits son magique tableau !

    Je rendrais la stupeur de toute une contrée,
A l'aspect des wagons sur la route ferrée,

Dont le bruit inconnu, l'effet mystérieux,
Saisirent les esprits, les oreilles, les yeux,
Et je reproduirais, sublime à la pensée,
L'image de l'ivresse et des élans du cœur,
De tout un peuple épris et que cet Odyssée
Fit surgir en ce jour pour fêter l'Empereur ;
Le seul qui, de nos Rois, en consultant l'histoire,
Et dont l'âge futur gardera la mémoire,
Soit venu dans ces lieux visiter ses sujets,
Et leur laisser la part de ses nombreux bienfaits.

Mais ma Muse, à la fois incertaine et craintive,
Pour orner des sujets de tout ce qui fut grand,
Craignant trop le péril d'aborder cette rive,
L'abandonne et poursuit son paisible courant.

Des Landes, dont le sol encore ému s'agite,
Le train impérial a franchi la limite,
Et d'Aire, d'Alaric autrefois le séjour,
Et de son site heureux que caresse l'Adour,
S'éloignant à regret, — vers le Gers qui l'appelle,
Reçoit le même amour, trouve le même zèle,
Et Maubourguet et Vic, par leurs vœux, leurs accents,
Lui révèlent des cœurs non moins reconnaissants.

TARBES.

A ces accents sortis de cette vaste plaine,
Dont les peuples divers ne forment qu'une chaîne,
Et qui vont désormais par l'intérêt unis,
De la prospérité recueillir tous les fruits,

Tarbes a tressailli;..... sur son heureuse plage,
De ce grand mouvement le bruit sourd se propage :
Il approche..... Soudain, un long cri de bonheur,
Fait retentir les airs de : Vive l'Empereur !
Deux heures ont sonné : la ville tout entière
Accueille le wagon dans le débarcadère,
Et plein d'enivrement, chacun devient jaloux
De voir, de contempler les Augustes Époux.

Jour désiré d'amour et d'allégresse,
Présage heureux des plus brillants destins,
Tu présidas aux transports, à l'ivresse
De tout un peuple envers ses Souverains !
En le voyant dans sa reconnaissance,
Digne à la fois de leurs nobles bienfaits,
Tu consacras cette sainte alliance
Et de Napoléon et des peuples de France,
Que Dieu veut et protége et bénit désormais !!!

Il est un frais séjour où les herbes fleuries
Parfument ses bosquets, émaillent ses prairies,
Un jardin dont Massey, par un legs généreux,
Fit Tarbes à jamais possesseur bienheureux ;
Labyrinthe enchanteur, où l'art et la nature,
Sous des sentiers ombreux, prodiguent leur parure ;
Jardin qui, du public et d'un sexe charmant,
Fait un lieu de plaisir et de délassement.

C'est non loin de ce lieu, bien cher à la mémoire,
Qu'en ce jour de bonheur et de solennité,

Sur le chemin de Vic, l'ouvrier s'est hâté
De former, d'embellir la gare provisoire :
Édifice élégant, décoré d'un salon,
Où les nobles Époux, au sortir du wagon,
Ont trouvé le repos, après un long voyage,
Et des hauts magistrats et l'accueil et l'hommage.

Le voilà dans tes murs, Tarbes, ton Souverain,
Venu pour transformer ta vie et ton destin,
Et fixer sur ton front le cachet mémorable,
D'une époque prospère, auguste, impérissable.

Il est là, radieux, entouré de l'amour
Des peuples accourus des rives de l'Adour,
De tes calmes vallons, de tes hautes montagnes,
Gigantesques remparts de tes riches campagnes :
Il est là, l'Héritier, neveu de l'Empereur,
Qui, jadis, éleva, pour marquer sa visite,
Sur le point culminant de ton féerique site,
Comme un don qu'il te fit, la colonne d'honneur,
Que d'un pouvoir déchu le fanatique zèle,
Fit disparaître aux yeux de ton peuple fidèle :
Comme si le marteau, sapant les monuments,
Pouvait anéantir la mémoire des temps,
Et comme si la haine (insensés que nous sommes !)
Devait faire oublier jusqu'au nom des grands hommes !

Mais les temps sont changés : l'homme, ses passions,
Ont subi les effets de leurs convulsions,
Et tel qu'un soleil pur, après de longs orages,
Se montre aux yeux charmés, dégagé de nuages.

Ainsi de l'Héritier du Grand Napoléon,
L'astre s'est tout-à-coup levé sur l'horizon,
En venant rétablir par sa toute-puissance,
Le calme, la grandeur, la gloire de la France.

Il est là, sous l'éclat des fleurs et des drapeaux,
Ornements somptueux de ce grand jour de fête,
Savourant un moment le plaisir du repos,
Au sein de ses sujets dont il fait la conquête.

Sur son front où se peint la sévère grandeur,
Siége d'une nature calme, mais puissante,
Image de sa vie intérieure, ardente,
Est venu se placer un rayon de douceur ;
Et de ses yeux profonds d'où jaillit sa pensée,
Ainsi que d'un foyer, la flamme sort, lancée,
Comme l'expression d'un cœur vraiment ami,
Dans cet heureux moment un sourire est sorti.

L'Empereur s'est levé ; sur sa face guerrière
Se dessinent les traits confiants d'un bon père.
Et sans perdre l'éclat de son autorité,
A la mansuétude il unit la bonté.

De sa bouche, à la fois, délicate et concise,
Et de ses sentiments, interprète précise,
La parole a produit, sur le peuple charmé,
Comme aux jours solennels, l'effet accoutumé.

Tout concourt au bonheur de ce moment propice !
Assise à ses côtés, la belle Impératrice,

Le digne objet des vœux de tout un peuple épris
Des charmes séduisants qui parent sa jeunesse,
Accueille par sa grace et ses yeux attendris,
De tous ces cœurs brûlants l'amour et l'allégresse :
Témoignage enchanteur, adoré des Français ;
Expression du cœur de la plus noble femme,
Riche des trésors purs que Dieu mit en son âme,
Que Tarbes recueillit, qu'il n'oubliera jamais!

Comme un fleuve grossi des torrents des montagnes,
S'étend avec orgueil, au milieu des campagnes,
Et porte dans son sein les plus riches trésors,
Qu'il lègue dans sa course aux plaines fortunées,
Aux villes, aux hameaux dispersés sur ses bords ;
Ainsi, les habitants des Hautes-Pyrénées,
Dès l'aurore partis, élégamment vêtus,
Et du haut de leurs monts dans Tarbes descendus,
Promènent dans ses murs et le feu dans leurs âmes,
Leurs filles, leurs garçons, leurs gracieuses femmes,
Jouissant du spectacle inoui, surhumain,
Que leur offrent l'aspect, l'éclat du Souverain,
Dont, plus tard, au foyer, leurs fils, pleins de mémoire,
A leurs petits-neveux raconteront l'histoire.

Ils diront, de ce jour rappelant la grandeur,
Comme d'un livre-saint ils méditent la page,
L'instant où dans ces lieux se montra l'Empereur ;
L'élan de tous les cœurs volant sur son passage ;
L'enthousiaste accueil de ses peuples heureux,
Suspendus pour le voir jusqu'aux branches de l'arbre ;
Des notabilités de la cité de marbre,

Mille fois répétés, les vivats chaleureux,
Sortis de tous les rangs, de toutes les poitrines ;
Des maires des cantons et des villes voisines,
Les drapeaux présentant, comme un riche trésor,
Le nom de l'Empereur écrit en lettres d'or :
Les exploits du héros sur l'Autriche rivale,
Inscrits, énumérés sur l'arche triomphale
Que Tarbes lui dressa : de la Religion,
Les hommages rendus à sa haute raison,
Au mérite, aux vertus de notre Impératrice,
Des enfants le soutien, des pauvres protectrice.

Ils peindront, finissant leurs récits chroniqueurs,
Que rendront plus touchants leurs fidèles paroles,
Le tableau gracieux des enfants des écoles,
Rangés sous l'oriflamme aux brillantes couleurs,
Electrique étincelle, expression sensible,
D'un bonheur inoui, de la joie indicible,
De tant d'enfants parés, émus, tout enchantés,
A l'aspect imposant qu'offrent Leurs Majestés,
Sans escorte, sans garde et n'ayant pour cortége
Que l'amour de leur peuple et Dieu qui les protége.

Dois-je vous oublier dans ce jour solennel,
Robert Meyniss, et vous aussi, Lite Maxwel,
Conducteurs en ces lieux de votre colonie,
Que Bagnères reçoit en véritable amie ?
Vous vîntes réunir à nos élans du cœur,
Vos hurrahs et guidés par votre ardeur fiévreuse,
Hissant votre drapeau, saluer l'Empereur
Et l'incliner devant sa tête glorieuse.

Rappelant dans mon cœur l'histoire du passé,
Devrais-je repousser les fils de l'Angleterre,
Ses enfants de nos jours ? Non, tout est effacé :
Les luttes, les combats et leur effort suprême,
Les traités déchirés, les vainqueurs, les vaincus,
Les ténébreux complots, désormais ne sont plus :
La cause ayant cessé, l'effet n'est plus le même.

La France et l'Angleterre ont uni leurs drapeaux
Aux bords de la Crimée, en Chine, leurs vaisseaux.
Le progrès s'est fait jour, brille, et son phare immense,
Des deux peuples enfin éclaire l'alliance.
La paix et les traités réunissent leurs bords.,...
L'humanité triomphe et ses bourreaux sont morts.

Que les deux nations confondant leur génie,
Dans le même creuset et de la même main,
Jettent leurs matériaux, sans crainte et jalousie,
Et sous les yeux de Dieu qui règle leur destin,
Leurs enfants réunis dans une paix profonde,
Trouveront les trésors de la prospérité,
Les peuples opprimés, leur sainte liberté,
Et le bonheur enfin de la terre et de l'onde.

———————

Ainsi s'est accompli le fabuleux projet
Du Ministre d'État : Tarbes est satisfait ;
Ses peuples sont heureux, et de cette journée
Datera désormais sa belle destinée.

Ce jour dont l'avenir redira tout l'éclat
Et les bienfaits légués à la grande famille,
Sera le plus beau jour du Ministre d'État,
Où la grandeur du bien se manifeste et brille.
Ce jour va lui donner le parchemin d'honneur,
De l'hospitalité qu'accepte l'Empereur,
Et de la Villa-Fould, la gracieuse enceinte,
En gardera la longue et mémorable empreinte.

Tandis que le soleil, témoin de ce concours,
A fait sur l'horizon plus du tiers de son cours,
Et qu'à ce jour de fête étincelant de vie,
Bientôt succédera la nuit et sa magie,
Au milieu des vivats, des transports les plus doux,
La Villa, qu'ennoblit une riche nature,
Et dont l'art composé forme l'architecture,
Heureuse, s'est ouverte aux Augustes Époux,
Charmés de retrouver dans ce riant asile,
Les hommages, l'amour de la fidèle ville :
Hommages accueillis de cette intime voix
Qu'on aime à retrouver sur les lèvres des Rois.

Des magistrats, des chefs, l'officielle élite,
Près de Leurs Majestés, soudain, est introduite :
Le Conseil général de ce département,
De ce corps, du pays, défenseur tutélaire,
Que le Prince, aujourd'hui, connaît et considère,
Et dont Son Excellence est aussi président ;
Le corps des officiers, les membres du Génie,
De la ligne de fer, créateurs studieux ;

Les notabilités, que la cérémonie,
Ainsi que le devoir, appelaient en ces lieux,
Où tous ont écouté, dans un profond silence,
Le discours inspiré, par cette circonstance
Au Ministre d'État, et qui de l'Empereur
Et de l'Impératrice ont attendri le cœur.

Vous vîntes recueillir, Évêque vénérable,
Entouré de l'amour de vos nombreux Pasteurs,
De la solennité, votre part remarquable,
Et de Leurs Majestés les suprêmes faveurs ;
Et plein de votre foi, sur leurs têtes si chères,
Appeler les bienfaits du Dieu des nations
Et joindre au zèle ardent de vos saintes prières,
Vos hommages, vos vœux, vos bénédictions.

Heureux le Souverain dont le devoir s'applique
A la prospérité de la chose publique,
Par la paix, par les arts et ses sages décrets,
Par son amour constant, par sa sollicitude :
Du règne des bons Rois, la plus touchante étude
Des intérêts sacrés de leurs nombreux sujets !

Honneur au Souverain qui donne à son Empire,
La vie et la grandeur que l'univers admire,
En ouvrant aux bienfaits qui sortent de ses mains,
Les canaux fécondants que tracent ses desseins ;
En protégeant la noble et riche agriculture
Des grands peuples, l'orgueil ainsi que la parure ;
En dotant le commerce et les grandes cités,
Des sources de bonheur qu'assurent ses traités ;

En opposant la digue et de puissants barrages
Aux fleuves indomptés, à leurs affreux ravages ;
En réparant ses ports pour l'abri des vaisseaux ;
En fécondant le sol par d'utiles canaux
Et des chemins de fer dont la France est enceinte,
En augmentant le nombre et la force et l'empreinte.
Son nom que l'univers a proclamé cent fois,
Pour lui battra des mains, élèvera la voix,
Et la France, à sa mort, reconnaissante, émue,
Sur son grand piédestal dressera sa statue.

Ah ! nobles Souverains, pour vous, chaque matin,
L'astre du jour paraît bienfaisant, plus serein :
Pour vous, Paris heureux, ou qu'il dorme ou qu'il veille,
Dans une douce paix étale sa merveille.
Soit que vous voyagiez chez vos peuples divers :
Le Normand, le Breton, sur les sables des mers,
Vers Châlons, vers Bordeaux, au pied des Pyrénées,
On accueille partout vos courses fortunées ;
Partout vous devenez l'objet d'heureux transports
Que Tarbes, aujourd'hui, qui vous voit sur ses bords,
Grâces au dévouement du fidèle Ministre,
Et que l'histoire aussi, dès ce jour, enregistre,
Vous témoigne, en chantant dans ses refrains joyeux,
Reconnaissance, amour, aux Époux glorieux !!!

Partout, la nuit a répandu ses voiles ;
Au firmament scintillent les étoiles ;
Déjà Vénus penche vers l'Occident :
L'air frais du soir, à la terre brunie,

Rend ses parfums et son calme et sa vie,
Ternis le jour aux feux de l'Orient.

De ses massifs, de son ombre légère,
Se détachant tout-à-coup de la terre,
La Villa sort aux regards enchantés,
Pleine d'attraits et de ses hôtes fière,
Jetant aux cieux l'éclat de sa lumière,
Et sur ses murs ses brillantes clartés ;
Illuminant de lampes diaprées,
Se balançant aux brises éthérées
Que la fraîcheur lui ramène le soir,
Ses fleurs, ses bois, ses bassins, ses prairies,
Qu'elle offre aux yeux comme autant de féeries
Que reproduit le magique miroir.

Au grand banquet par l'Empereur admise,
De l'heureuse Villa, l'élite s'est assise ,
Et quand finit le somptueux festin ,
Alors des cris d'amour et de réjouissance ,
Éclatèrent autour de ce jardin immense ,
Qu'elle renferme dans son sein :
C'était le peuple et son ardente foule ,
Venue et s'agitant, comme un bruit de la houle,
Retentissante sur les mers ;
Pour admirer d'un œil avide ,
Le magique tableau de ce nouvel Armide,
Et son feu d'artifice illuminant les airs ;
Pour revoir à travers ses clartés vaporeuses,
Pour contempler leurs Majestés heureures,

Parcourant les sentiers de ces féeriques lieux ,
     Et leur donner les nouveaux gages
     De son amour, de ses hommages,
     De ses vivats, de ses adieux.

   Lorsque le lendemain reparaît la lumière ,
Tarbe est encor debout : sa brûlante paupière
N'a cédé qu'un moment aux douceurs du sommeil.
Les souvenirs d'hier ont hâté son réveil,
Pour revoir l'Empereur, confiant et tranquille,
Parcourant la cité, ses établissements,
Ses places et ses cours, MASSEY, charmant asile,
Les lieux que l'art destine aux embellissements ;
Et lorsque, satisfaits, les Époux et leur suite
Reprirent le chemin de Lourde et Cauterets ;
Tarbe, en les acclamant jusques à sa limite,
Leur exprima sa joie unie à ses regrets.

   Les hommes arrivés des prochaines vallées,
De par-delà les monts, la plupart sans chevaux,
Regagnèrent, de nuit, leurs maisons isolées ,
Pour trouver sous leurs toits un bienfaisant repos ;
On dit , pour rendre aussi le récit plus fidèle ,
Pour appaiser la faim et la soif plus cruelle ,
De tant d'hommes divers , partis tout ébahis
D'un concours, d'un spectacle et d'objets inouis,
Et que par dévouement, leurs sentiments sublimes ,
Firent de ces deux maux , les augustes victimes.

   Honneur aux Montagnards , hommage à ces mortels,
D'avoir pu maîtriser ces deux besoins cruels

Pendant tout ce grand jour, où leur âme saisie,
Se retrempa, trouva la beauté de la vie,
Leurs souhaits accomplis, enfin l'insigne honneur,
De voir, de contempler, une fois l'Empereur,
Et de pouvoir, plus tard, au foyer, dans leurs veilles,
Raconter, rappeler sans cesse à leurs esprits,
Comme un rêve agité, survenu dans leurs nuits,
Du beau *dix-huit août* les magiques merveilles.

LOURDES.

Tarbes est déjà loin : les Augustes Époux
Ont aussi dépassé, d'Ossun, la riche plaine.
Le climat a changé, le soleil est plus doux,
En côtoyant des monts la gigantesque chaîne.
Leur aspect grandiose a frappé l'Empereur,
Et ses yeux ont déjà jugé de St-Sauveur,
Vallon tranquille, pur et salutaire plage,
Où la santé l'attend après ce long voyage.

A l'instant, du pays l'écho s'est tout ému,
Comme on dirait d'un bruit, s'exhalant d'une voûte :
Le peuple en foule accourt, se jette sur la route,
Acclame l'Empereur : Lourdes est apparu.

Ce n'est plus le séjour du Celte et de l'Ibère,
Qui bâtirent jadis cette cité guerrière;
Ce n'est plus le rocher que plus tard les Romains
Hérissèrent de murs, de tours, de forteresses,
Pour tenir asservis dans leurs fers inhumains
Leurs vaincus et sucer leur sang et leurs richesses.

C'est un bloc de granit, aux informes débris,
Par l'hiver, le soleil et les siècles noircis,
Où l'Etat, sur ce roc, en cette ère nouvelle,
Possède un bâtiment du nom de citadelle ;
Citadelle modeste, où son haut horizon,
De l'Espagne jamais n'entendra le canon,
Mais où l'Etat maintient, pour l'honneur de la ville,
Ses soldats détachés en colonne mobile.

Lourdes s'est transformé : la ville de nos jours,
Sans perdre le cachet de son site sauvage,
S'étend sous le rocher, dont le Gave en son cours,
Contourne et rafraîchit le gracieux rivage,
Et malgré la couleur de ce sol tourmenté,
Elle offre ses maisons au regard enchanté,
Sous le riant aspect des villes de la plaine ;
Et sa place qu'occupe une riche fontaine,
Et ses hôtels aimés des nombreux voyageurs,
Ses jardins et son cours et sa belle verdure,
Donnent par leur ensemble à cette âpre nature,
Le charme séduisant des plus vives couleurs.

Les cloches de leurs voix ont ému la vallée,
Et la ville s'est ébranlée
A leurs sons, à leurs chants joyeux.
Citoyens, magistrats que le devoir appelle,
Tous, s'empressent, portant le tribut de leur zèle
Pour recevoir les Epoux glorieux.

A leur aspect d'une enivrante joie,
D'expressions d'amour pour leurs jours vénérés

Et des vœux les plus chers ils furent entourés,
Et quand de Maransin ils montèrent la voie,
D'un spectacle nouveau leurs yeux furent saisis :
C'étaient les Montagnards, troupe jeune et légère,
    A l'œil ardent, à la démarche fière,
    Dans le costume éclatant du pays,
    En berret bleu, coiffure primitive,
    Orné de fleurs, de la paillette vive,
    Envahissant tout-à-coup leur chemin ;
    Et dans l'ardeur qu'excite leur présence,
    Exécutant au son du tambourin,
    Les bonds hardis de leur fougueuse danse :
    Puis, tour à tour reprenant leur entrain,
    Entrechoquant leur bannière en cadence,
    Sur le coudrier placé dans l'autre main.

    C'est sur deux rangs que la troupe fougueuse,
    Servant d'escorte aux Souverains émus,
    A traversé la ville radieuse,
    Sous les drapeaux aux balcons suspendus ;
    Sous le parfum odorant et suave
    Des belles fleurs que les vierges du Gave,
    Avaient cueilli pour ce jour de bonheur :
    Fleurs que leur noble et belle Souveraine,
    Avait reçu de leur corbeille pleine
    Comme un hommage pur de leur sensible cœur.

Dites, vous qui vivez sur ces lointaines plages,
Sous vos paisibles toits, dans vos riants vallons ;
Et vous, qui n'entendez que le bruit des orages,
A l'abri des rochers de vos sublimes monts ;

Dites, peuples venus du sein de vos montagnes,
Suivis de vos enfants, de vos fraîches compagnes,
Et du molosse actif, votre fidèle ami ;
Pour goûter le bonheur de ce jour mémorable,
Dites-nous si jamais d'un spectacle semblable,
De grandeur, de beauté, votre œil fut ébloui ?
Si les pics se dressant sur vos villes thermales,
Offrent la majesté des arches triomphales,
Que la reconnaissance et l'amour leur dressaient,
Et si les eaux tombant de la roche écumeuse,
Produisent les élans, l'allégresse fiévreuse,
Des vivats répétés que les peuples poussaient.

C'est ainsi qu'animés, séduits par la présence,
Et la grandeur du rang des Augustes Epoux,
Ces peuples, de ce jour goûtaient la jouissance
Et livraient tous leurs sens aux transports les plus doux.
Ah ! leur bonheur fut vrai : c'est que ces nobles fêtes
Et les élans du cœur de ces peuples lointains,
Sont les plus purs lauriers, les plus sûres conquêtes,
Dignes de décorer le front des souverains :
C'est le signe certain, quand le peuple le donne,
Du bonheur qu'il ressent, produit par leurs bienfaits,
Par leur sollicitude et les vœux satisfaits,
Qui rehaussent le prix, l'éclat de leur couronne.

ARGELÈS.

Ils sont déjà partis ; ils laissent derrière eux,
Lourdes, ses monts formés de riches ardoisières,

Inaltérable amas de leurs feuillets schisteux ,
De marbres recherchés aux fécondes carrières,
Réservés pour le luxe et le ciseau de l'art;
Et du Gave bientôt dépassant la limite,
Le pays s'est ouvert et son merveilleux site
A rafraîchi leurs sens et charmé leur regard.
A droite, la montagne et ses arêtes vives,
D'un lointain vaporeux traçant les perspectives :
A ses pieds des moissons, des fruitiers et des prés,
Et des bourgs scintillants sous leurs toits ardoisés ;
A gauche, la vallée, aimable et douce plaine,
Où le Gave formé par les neiges des monts,
En filet argenté lentement se promène,
Fatigué du fracas de ses flots vagabonds ;
Et pour rendre la scène encor plus imposante,
Se dressant par-delà ses côteaux spacieux ,
Des tours du Marboré, la crête étincelante
De sa neige éternelle et de l'éclat des cieux.

A mesure pourtant que le cortége avance,
Et que de Saint-Sauveur disparait la distance,
A l'habitant des monts le bruit est parvenu
Qu'en ces lieux l'Empereur, ce soir, est attendu ;
Et l'écho des vallons, saisissant son oreille,
Lui confirme, du jour, l'étonnante merveille.
Il a quitté son toit avec rapidité,
Et, pareil à l'izard, dans son agilité,
Il a franchi l'espace, et son âme essoufflée
N'a trouvé le repos qu'au fond de la vallée,
Chez ses peuples émus, tous en groupes rangés,

Au milieu des drapeaux, des fleurs que la jeunesse
Agite dans les airs et sème avec ivresse,
Autour de l'Empereur, sous les murs d'Argelés.

Argelés! C'est à tort que la carte routière
A négligé ton nom sur son itinéraire.
Je n'en peux concevoir malgré moi la raison :
Car peindre le tableau des Hautes-Pyrénées,
Indiquer leurs séjours, leurs sources fortunées,
Et taire ta vallée et ton grand horizon ;
Négliger jusqu'au nom de ta sous-préfecture,
C'est dédaigner par trop ta splendide nature.
L'Empereur t'a vengé : son passage aujourd'hui
T'a tiré pour long-temps d'un trop sensible oubli.

A l'aspect saisissant de ta plaine féerique,
De ses riches côteaux, étalant aux regards
Leur verdure, leurs champs, leurs villages épars,
Comme on peint d'un tapis la riche mosaïque ;
Tableau délicieux, qu'une douce vapeur
Enveloppe et lui prête un attrait séducteur,
On dit que, s'arrètant, Leurs Majestés ravies,
Contemplèrent long-temps ces belles harmonies :
Mélange éblouissant d'indicibles objets,
Qui jetèrent leurs sens dans une pure extase,
En fascinant leurs yeux, tour à tour, de la base,
De degrés en degrés, jusqu'aux plus hauts sommets

Le jour qui déclinait, en ramenant les brises
Dont ces lieux goûteront tout le charme plus tard,

Est venu mettre un terme à ces nobles surprises.
Et l'Empereur donnant le signal du départ,
Sous un arc élevé par la reconnaissance,
Où sont inscrits les lieux de ses exploits récents,
Au milieu des transports de ces bons habitants,
Heureux et satisfait le cortége s'élance.

PIERREFITTE, LUZ, Sᵀ-SAUVEUR.

Des guides composés d'hommes au pied léger,
Dont l'œil sur la montagne indique le danger,
Lorsque le voyageur sur les pics s'aventure,
Lestes, de l'Empereur devancent la voiture ;
De jeunes villageois, aux regards animés,
En costume éclatant, en escadron formés,
De leurs chevaux fougueux pressant l'allure altière,
Voltigent, sont partout, devant, à la portière,
Et des nobles Époux, par le regard flattés,
Redoublent leur galop, par l'ardéur emportés.

Avant que de franchir d'Argelés la limite,
Aux yeux du Souverain, se présente, imposant,
L'austère Saint-Savin, antique monument.

L'on traversa bientôt le bourg de Pierrefitte.
De ce lieu fortuné s'embranchent deux chemins :
Celui de Cauterets tracé sur des ravins ;
L'autre, coupant les eaux du Bastan et du Gave,
Longe le val de Luz, pittoresque et suave ;
Tempé délicieuse où les nobles Époux

Retrouvent d'Argelés les lieux calmes et doux,
Et la fraîcheur qu'après ces deux grandes journées,
Saint-Sauveur leur réserve au pied des Pyrénées.

Hâtons-nous d'avancer. Au soleil qui s'enfuit,
Bientôt, dans le vallon, va succéder la nuit.
Hâtons-nous, redoublons d'ardeur et de courage,
Pour finir, au grand jour, ce glorieux voyage,
Et puisse, un tel sujet, secondant notre effort,
Nous inspirer encor et nous conduire au port.

Au bruit sourd du Bastan, qui dans l'abime roule,
Se mêlent des accents dont les échos des monts
Répètent, tour à tour, les éclats et les sons.
Écoutez : c'est le bruit grossissant de la foule,
D'habitants de ces lieux, d'étrangers qui, dans Luz,
S'animent de la voix, s'agitent tout émus,
Attendant le moment et pleins d'impatience,
De voir, de contempler les Souverains de France.

Les cloches de la ville ont fait vibrer, ce soir,
La tour des Templiers, vieux et sombre manoir,
Dont ces preux, de retour de leurs saintes batailles,
Élevèrent dans Luz les solides murailles,
Que, grâce à l'Empereur, des travaux importants,
Sauveront désormais des ravages du temps.

Mais, de Leurs Majestés, l'approche est signalée.
Tout s'émeut, se ranime au fond de la vallée ;
Elles traversent Luz. Ses habitants heureux,

Ses magistrats, les chefs des premières familles,
Les entourent d'amour, les pressent de leurs vœux,
Au milieu des accents d'un cœur de jeunes filles,
Et des bons Montagnards, dont le geste et les traits
Révèlent et la joie et des cœurs satisfaits.

Après ces deux grands jours de nobles sympathies
De peuples si divers et de villes amies,
Les Époux Voyageurs, enfin, à Saint-Sauveur,
D'un repos bienfaisant trouvèrent la douceur,
Les souvenirs touchants d'une Reine bien chère,
D'un ange de bonté, de la plus tendre mère,
Des loisirs consacrés à d'importants projets,
A la prospérité de leurs lointains sujets,
Et la France, au récit de cet heureux voyage,
Dont l'histoire, à jamais, conservera la page,
Pleine d'un juste orgueil, en élevant sa voix,
Applaudit comme aux jours de ses récents exploits.

Tarbes, typ. Perrot-Prat.